국판다의
수상한 만두카

쿡판다의 수상한 만두카

③ 너구리 악당이 나타났다!

ⓒ 2025 함윤미

1판 1쇄 펴낸날 | 2025년 1월 31일

지은이 | 함윤미
그린이 | 세미
펴낸이 | 양승윤

펴낸곳 | (주)와이엘씨
출판등록 | 1987년 12월 8일 제1987-000005호
주소 | 서울특별시 강남구 강남대로 354 혜천빌딩 15층 (우)06242
전화 | 02-555-3200
팩스 | 02-552-0436
홈페이지 | www.aladinbook.co.kr

Cooking Panda's Suspicious Dumpling Car 3 by Ham Yoon-mi
Copyright ⓒ 2025 by Ham Yoon-mi
Printed in KOREA

값 13,800원
ISBN 978-89-8401-776-4 74810
ISBN 978-89-8401-773-3 74810(세트)

알라딘 북스는 (주)와이엘씨의 어린이 책 출판 브랜드입니다.

KC	① 품명 : 쿡판다의 수상한 만두카 　　　3.너구리 악당이 나타났다!	⑥ 제조국 : 대한민국
	② 제조자명 : 알라딘북스	⑦ 사용연령 : 7세 이상
	③ 주소 : 서울시 강남구 강남대로 354	⑧ 취급상 주의사항
공통안전기준	④ 연락처 : 02-555-3200	• 종이에 베이지 않도록 하세요.
표시사항	⑤ 제조년월 : 2025년 1월	• 책의 모서리가 날카로우니 던지거나 떨어뜨려 다치지 않도록 주의하세요.
		⑨ KC마크는 이 제품이 공통안전기준에 적합하였음을 의미합니다.

쿡판다의 수상한 만두카

③ 너구리 악당이 나타났다!

글 함윤미 그림 세미

어린이의 세계는 어른의 눈으로 보면 말이 안 되거나 엉뚱하게 보이기도 해요. 어린이들에게는 '있다고 믿으면 있고 없다고 믿으면 없는' 동심이 있거든요.

어른들은 종종 경험이라는 시간을 통과하면서 동심을 까맣게 잊고 "뭘 그런 걸 가지고 그래."라는 말을 하곤 해요. 그런 어른들이 짜놓은 시간표에 맞춰 살다 보면 동심을 잃은 '좀비 어린이'가 될 수도 있어요.

아침에 눈뜰 때, 거울 볼 때, 학교 가는 길에, 짝꿍을 만났을 때, 교실에서, 급식실에서, 혼자 있을 때, 여럿이 있을 때, 학원에 갈 때, 숙제할 때, TV 볼 때, 잠들기 전……. 여러분은 매번 스스로 생각하고 스스로 결정하며 지내나요? 질문을 받으니 고민이 되고 골치가 아프다고요? 그렇다면 여러분은 좀비가 아닐 가능성이 커요. 고민한다는 건 스스로 생각한다는 뜻이고, 스스로 생각한다는 건 골치는 아프지만 살아 있다는 뜻이니까요.

그런데 고민을 털어놓을 데가 없어서 그게 또 고민이라고요? 걱정하지 마세요. 만두의 달인 쿡판다가 있으니까요. 쿡판다는 어른인데 동심을 잃지 않아 어린이들의 고민을 헤아리는 특별한 능력이 있어요. 지금은 특별 만두로 어린이들의 고민을 해결해 주는 일을 하고 있지요.

그런데 잠깐! 이것만은 알고 쿡판다를 만나는 게 좋아요. 쿡판다는 여러분보다 더 장난꾸러기에 먹보라는 사실! 밤에는 여러분의 고민을 접수해 특별 만두를 만들지만, 낮에는 평범한 아저씨로 변신해 만두를 팔지요. 만약 낮에 쿡판다를 만난다면 어떤 소동이 벌어질지 아무도 몰라요. 괜찮으니까 얼른 쿡판다를 만나게 해달라고요? 좋아요, 출발!

함윤미

첫 번째  이야기

너구리 악당이
나타났다!

"난 언제든지 가고 싶은 대로 날아오르지~
난 언제든지 먹고 싶은 대로 먹어 치우지~
한여름은 즐거워 호이~ 호이~"

쿡판다의 노랫소리가 경쾌했어. 물론 음정 박자는 엉망이었지. 쿡판다의 기분이 왜 이렇게 좋으냐고? 오색찬란 해수욕장에서 열리는 어린이 축제에 가기로 했거든.

"출발!"

하늘을 나는 만두카가 둥실 날아올랐어.

요맘때 밤하늘은 은하수로 가득해. 맑고 고운 별 가루
가 우수수 쏟아져 내리지. 만두카 지붕 위에 소쿠리만
얹어 놓으면 힘들이지 않고 질 좋은 별 가루를 수북히
얻을 수가 있어.

쿡판다는 오랜만에 여유롭게 저녁을 먹었어.

"룰룰루~ 맛있는 샐러드~"

죽순, 당근, 댓잎에 별 가루를 버무리니 꿀맛이 따로 없었어. 하늘을 나는 만두카는 빌딩숲을 지나 산을 넘고 마을을 지나고 또 다른 마을을 지났어. 별 가루가 하염없이 쏟아지는 밤, 쿡판다는 배불리 먹고 쿨쿨 잠이 들었지. 해가 떠올랐을 때 만두카는 오색찬란 해수욕장에 도착해 있었어.

"아함~ 잘 잤다!"

어? 잠에서 깬 쿡판다는 아저씨로 변하지 않은 자신의 모습을 보고 깜짝 놀랐어.

"이를 어째! 요즘 왜 자꾸 변신이 안 되지?"

쿡판다는 거울을 보며 고개를 갸웃거렸어. 그때 만두카 밖에서 '삑~ 삑삑!' 호루라기 소리가 났어. 쿡판다는 빠끔 밖을 내다보았어.

"어린이 여러분! 해수욕장에 설치한 안전선을 꼭 지켜 주세요!"

기린 복장을 한 안전 요원이었어.

"하늘이 무너져도 솟아날 구멍이 있다더니……그래, 바로 저거야!"

오색찬란 어린이 축제는 행사 진행자들이 동물 모양 옷을 입거나 얼굴에 동물 캐릭터를 그리고 머리띠, 꼬리 등으로 치장을 해.

쿡판다는 거울 속 자신을 보며 혼자 묻고 답했어.

"거울아, 거울아, 이 세상에서 누가 제일 완벽하지?"

"당연히 쿡판다지요. 까만 귀, 까만 눈, 완벽한 몸매에 완벽한 귀염둥이!"

쿡판다는 만두카의 문을 활짝 열었어. 아무도 쿡판다를 의심하지 않았어. 판다 분장을 했다고 여긴 거야.

오색찬란 해수욕장은 신나는 음악으로 가득했어. 모래밭 곳곳에 어린이를 위한 먹거리, 놀거리, 볼거리가 넘쳐났지. 없는 게 없는 축제였어.

"이 세상에서 누가 어린이를 가장 사랑할까?
쿠쿠쿡 쿡판다~ 만두의 달인 쿡판다~"

쿡판다는 서둘러 만두를 빚었어. 오늘의 만두는 모두
이 축제에 딱 맞게 어린이만을 위한 거야.

많이 먹기 만두, 춤 만두, 물풍선 터트리기 만두, 축구 만두, 피구 만두, 모래탑 쌓기 만두, 모래에 파묻혀 오래 버티기 만두, 두꺼비집 짓기 만두, 꼬리잡기 만두, 워터 파크 만두, 서핑 만두······.

오색찬란 해수욕장에 만두 냄새가 솔솔 퍼졌어.

"많이 먹기 만두 주세요!"

입이 짧아 먹기 대회는 꿈도 꾸지 못했던 아이가 특별 만두를 주문했어. 쿡판다는 파란 접시에 만두를 놓고 별 가루를 듬뿍 뿌려 주었어. 만두를 먹은 아이는 '간식 많이 먹기 대회'에 참가했어. 먹고 또 먹어도 배탈이 나지 않아 쉽게 예선을 통과했어. 그리고 단숨에 결승까지 올라갔지.

특별 만두는 계속해서 팔려나갔어.

"피구 만두 주세요!"

"저는 두꺼비집 짓기 만두요!"

"물풍선 터트리기 만두요!"

특별 만두를 먹은 아이들은 새로운 맛에 깜짝 놀랐어. 그리고 대회와 놀이에 적극적으로 참여했어. 몸치였던 아이는 춤 대회를 휩쓸었고, 공을 무서워하던 아이는 피구 대결에서 최후의 1인이 되기도 했어.

쿡판다도 놀고 싶어 몸이 근질근질했지.

"이 세상에서 가장 잘 노는 건 누구?
쿠쿠쿡 쿡판다~ 만두의 달인 쿡판다~"

만두카 근처에서 모래탑 쌓기 대회가 한창이었어. 아이들은 모래를 끌어모아 여러 모양으로 탑을 쌓아올렸어. 보기에도 아슬아슬 재미있었지. 그런데 갑자기 고함이 들렸어.

"안 돼! 하지 마!"

웬 아이가 모래탑을 망가뜨리고 있었어. 발로 걸어차고 짓밟고……. 공들여 쌓아올린 모래탑이 힘없이 무너졌어. 모래탑을 쌓던 아이들은 울음을 터트렸어.

"저 아이는……?"

쿡판다는 자신의 눈을 의심했어. 모래탑을 망가뜨리고 신난 아이는 조금 전, 모래탑 쌓기 만두를 먹고 간 아이였어. 이게 끝이 아니었어.

"공을 차야지, 왜 자꾸 내 발을 차는 거야?"

모래 축구장에서 싸움이 벌어졌어. 축구 만두를 먹고 간 아이가 반칙을 한 거야. 물풍선 터트리기 대회에서도, 워터 파크에서도, 꼬리잡기 놀이에서도 특별 만두를 먹은 아이들이 말썽을 일으키고 있었어.

"으악!"

그때, 모래에 몸을 파묻고 오래 버티기 대회장에서도 비명이 울렸어.

"눈에 모래가 들어가서 안 떠져!"

"으앙! 내 눈!"

여기저기서 울음이 터졌어. 이번에도 특별 만두를 먹고 간 아이가 모래를 흩뿌려 대회를 망치고 있었던 거야. 가만히 보니 말썽을 피운 아이들이 한결같이 이상한 노래를 부르고 있었어. 쿡판다는 조용히 노랫소리에 귀를 기울였어.

"한 입 먹으면 오싹할 만큼 시원하고~

두 입 먹으면 멈출 수 없지~

먹으면 먹을수록 또 먹고 싶은 아이스크림~

신기한 너구리 아이스크림~"

'설마……너구리 악당?'

너구리 악당은 불량식품으로 아이들을 홀려서 건강을 해치거나 말썽을 피우게 하는 걸로 유명했어. 쿡판다는 너구리 탈을 쓴 아이스크림 장수가 있는지 살폈지만 어디에도 보이지 않았어. 축제는 점점 더 엉망이 되어 갔고 아이들의 울음소리는 커져만 갔어.

　　"안 되겠군."

쿡판다는 히어로 만두를 빚기 시작했어. 5단 찜통에서 군침 도는 만두 냄새가 솔솔 풍겼어. 축구를 하다가 무릎이 까진 남자아이와 모래가 눈에 들어가 울던 여자아이가 다가왔어.

"히어로 만두 주세요!"

"저도요!"

쿡판다는 기다렸다는 듯이 파란 접시에 잘 익은 만두

를 놓았어. 아이들이 만두를 집으려고 하자 쿡판다가
막았어.

"잠깐! 이걸 뿌려야 제맛이란다."

쿡판다는 양념통을 흔들어 특별 소스를 샤샤샥 뿌렸
어. 별 가루로 뒤덮인 만두가 오색찬란한 빛을 내며 반
짝거렸어.

"주문하신 히어로 만두 나왔습니다!"

보기만 해도 군침이 돌았어. 만두를 먹은 두 아이는 순간 할 말을 잃었어. 아삭바삭 별이 터지는 맛이 났거든. 그 순간 아이들 목에 빨간 망토가 둘러졌어. 어느새 쿡판다의 목에도 빨간 망토가 둘러지고 몸이 저절로 둥실 떠올랐어. 셋은 나란히 공중을 날며 아래를 내려다보았어. 아이들이 서로 뒤엉켜 싸우고 울고불고 난장판이었어.

바다에서도 말썽은 계속되었어. 서핑 만두를 먹은 아이가 바다에서 노는 아이들의 보드를 뒤집고 아이들을 물에 빠뜨렸어. 문제는 뒤에서 몰려오는 거대한 파도였어. 파도가 덮쳤다간 목숨도 위험한 상황이었어.

"출동, 히어로!"

쿡판다와 두 아이는 쏜살같이 날아 거대한 파도를 온몸으로 막아냈어. 파도가 잠잠해지자 허우적대는 아이들을 하나둘 구해 주었어.

"애들아. 저길 봐!"

쿡판다가 가리킨 곳은 안전선 밖 소나무숲이었어. 숲 속에서 한 줄기 연기가 피어오르고 있었어. 가까이 갈 수록 고약한 냄새가 났어.

"아무래도 이상해."

셋은 코를 막고 소나무숲을 빙 둘러보았어. 누군가가 커다란 솥단지를 휘젓고 있었어.

고약한 냄새는 그 솥단지에서 나는 거였어.

"너구리 악당이다!"

쿡판다가 소리쳤어. 놀란 너구리 악당이 도망을 치자 아이들이 쏜살같이 날아가 덮쳤어.

"꼼짝 마라!"

"아이고, 너구리 죽네! 너구리 죽어!"

밑에 깔린 너구리 악당이 엄살을 떨었어. 하지만 절대 봐주지 않았지.

"왜들 이래? 내가 뭘 어쨌다고?"

너구리 악당은 표정을 확 바꾸며 화를 냈어.

"솥단지에 끓이는 게 뭐야?"

"뭐긴…… 아이들에게 나누어 줄 간식이지."

너구리 악당이 손가락을 '딱!' 하고 튕겼어. 그러자 고약한 냄새는 사라지고 과일 향이 퍼졌어. 다시 한 번 '딱!' 손가락을 튕기자 솥단지에 아이스크림이 가득 흘러넘쳤어.

"더운데 한 입씩 먹어 봐……."

너구리 악당은 홀리듯 노래를 흥얼거렸어.

"한 입 먹으면 오싹할 만큼 시원하고~
두 입 먹으면 멈출 수 없지~
먹으면 먹을수록 또 먹고 싶은 아이스크림~
신기한 너구리 아이스크림~"

다들 입맛을 다셨어. 쿡판다는 침을 질질 흘리며 솥단지 곁으로 갔어. 아이스크림을 한 방에 먹어 치울 수 있을 것 같았지.

"안 돼! 불량 아이스크림이 틀림없어!"

여자아이가 외쳤어. 쿡판다는 정신이 번쩍 들었어.

아니나 다를까! 그 순간 아이스크림에 곰팡이가 피어오르기 시작했어.

"분하다! 다들 함정에 빠뜨릴 수 있었는데……."

아이들이 불행할수록 힘이 생기는 너구리 악당은 실망할 수밖에 없었지.

"내 만두를 먹은 아이들만 골라 괴롭힌 이유가 뭐야?"

쿡판다가 불룩한 배를 내밀며 씩씩거렸어.

"녀석들이 네 만두를 먹고 행복한 웃음을 짓잖아. 꼴 사나워 봐줄 수가 있어야지. 그래서 곰팡이를 섞어 불량 아이스크림을 먹였지. 네놈들만 아니었으면 축제를 망칠 수 있었다고!"

너구리 악당은 억울한 듯 이를 빠드득 갈았어.

"안 되겠다! 만두의 힘을 보여 주자."

쿡판다의 말에 아이들이 너구리의 양팔을 잡고 날아 올랐어. 너구리 악당이 악을 쓰며 발버둥쳤지만 소용없 었어. 꼼짝없이 쿡판다의 만두카로 잡혀 왔지.

쿡판다는 새로운 만두를 빚어 특별 소스를 아낌없이 뿌렸어.

"오색찬란 행복 만두 완성!"

조금 전까지 버둥대던 너구리는 언제 그랬냐는 듯 만두에 홀렸어. 입에서 살살 녹는 맛에 표정이 저절로 천사같이 변했지. 악당이라는 말이 어울리지 않았어.

해수욕장은 다시 축제 분위기로 돌아갔어. 말썽을 피우던 아이들도 원래의 마음을 되찾았어. 너구리 악당이 변했으니 불량 식품의 기운도 사라진 거야.

흥겨웠던 축제가 모두 끝나고, 밤 열두 시가 되자 쿡 판다가 우렁우렁 외쳤어.

"출발!"

만두카가 하늘로 둥실 솟아올랐어.

"난 언제든지 가고 싶은 대로 날아오르지~

난 언제든지 먹고 싶은 대로 먹어 치우지~

한여름은 즐거워 호이~ 호이 호이~"

두 번째  이야기

비밀 만두와 흰 구름 둥둥 마법!

휴일 아침, 바퀴 달린 만두카는 푸른 숲 공원에 자리를 잡았어. 이곳은 벽에 알록달록 그림이 예쁘게 꾸며진 어린이 전용 스케이트보드 공원이야.

불룩한 배에 까만 뿔테 안경을 쓴 아저씨는 서둘러 만두를 찌기 시작했어. 곧 아이들이 몰려올 거라는 걸 알고 있었거든. 아이들이란 원래 학교 가는 날에는 깨워도 안 일어나고, 쉬는 날에는 누가 깨우지 않아도 눈이 딱 떠지는 법이니까.

5단 찜통에서 김이 모락모락 새어 나왔어. 아저씨의

입에서는 저절로 노래가 흘러나왔지.

"유후~ 달리는 건 정말 짜릿한 일~
바람처럼 달려 보자 씽씽~
로켓처럼 날아 보자 피융피융~"

음정과 박자가 엉망인 것도 모른 채 아저씨는 계속 노래를 흥얼거렸어.

"오늘은 어떤 특별한 만두를 만들까~"

아저씨의 예상대로 공원은 금세 사람들로 북적거렸어. 어른들은 잔디밭 나무 그늘에 텐트와 돗자리를 폈어. 신이 난 아이들은 공원 이곳저곳을 뛰어다녔지. 그런데 만두를 찾는 사람은 아무도 없고 다들 치킨을 먹고 있지 뭐야.

"역시 휴일에는 치킨이 최고!"

"공원에서 배달시켜 먹으니까 더 맛있네!"

"아빠, 난 매일매일 치킨 먹을래."

가족의 대화를 들은 아저씨는 자존심에 금이 갔어.

'흥! 내 만두가 치킨한테 지다니!'

그때 헐렁한 옷을 입은 아이가 만두카를 향해 걸어오고 있었어. 뒤로 쓴 모자 위에 헤드폰을 얹고, 스케이트보드를 옆구리에 낀 여자아이였어.

"어서 오세……."

반갑게 인사를 하려던 아저씨는 당황했어. 여자아이가 만두카를 그냥 지나쳤거든.

'말도 안 돼! 이렇게 맛있는 만두 냄새를 그냥 지나치다니…….'

아저씨는 아이를 향해 외쳤어.

"얘야, 잠깐만!"

하지만 여자아이는 들은 척도 안 했어. 아저씨는 멋쩍

어 물기도 없는 손을 앞치마에 쓱쓱 문질렀어. 아이는 시큰둥한 표정으로 만두카 옆 의자에 앉았어. 아저씨는 이때다 싶어 아이 쪽으로 마구마구 부채질을 했어. 아이가 만두 냄새에 이끌려 돌아보길 바랐지. 하지만 예상은 빗나갔어. 아이는 고개를 푹 숙이고 가방

에서 이것저것 꺼내기 바빴거든.

아저씨는 마음을 다잡으며 두 눈을 감고 심호흡을 했어. 그런데 눈을 뜨자 여자아이가 코앞에 서 있었어.

"앗! 깜짝이야!"

"아저씨, 만두 주세요."

'휴, 그럼 그렇지. 이게 어떤 만두인데⋯⋯.'

아저씨는 속으로 안도의 한숨을 내쉬었어. 그리고 음정, 박자도 안 맞는 노래를 흥얼거리기 시작했어.

"세상에서 만두를 제일 잘 만드는 건 누구?

그건 바로 쿠쿠쿡 쿡판다~

세상에서 만두를 제일 잘 먹는 건 누구?

그건 바로 쿠쿠쿡 쿡판다~"

하지만 '아차!' 싶어 급히 노래를 멈췄어. 낮에는 쿡판다가 아닌 아저씨라는 걸 깜빡한 거야. 여자아이는 고개를 갸우뚱하며 아저씨를 바라보았어.

아저씨는 안경을 쓱 올리고 빠른 손놀림으로 만두를 빚었어.

"으흠, 넌 치킨보다 만두를 좋아하는구나?"

"아니요, 치킨이 더 좋아요."

"뭐……뭐라고?"

아저씨가 바삐 움직이던 손놀림을 딱 멈추었어. 자존심이 다시 확 꺾였어.

"그럼 치킨을 먹지 만두는 왜?"

아저씨의 말투에 잔뜩 가시가 돋쳤어.

"혼자서 치킨 한 마리를 어떻게 다 먹어요. 아저씨랑 저랑 반반 시키는 건 어때요?"

아저씨는 입을 꾹 닫고 다시 조용히 만두를 쪘어. 조금 뒤, 김이 모락모락 나는 만두를 찜통에서 꺼내 파란 접시에 올렸어.

"치킨보다 백 배는 더 맛있을 거야!"

아이가 침을 꿀꺽 삼키며 만두에 손을 가까이 가져가
자 아저씨가 외쳤어.

"잠깐! 마지막이 중요해."

아저씨는 앞치마 주머니에서 양념통을 꺼내어 샤샤
샥 흔들었어. 치킨보다 맛이 없으면 안 되니까 특별 소
스를 아낌없이 뿌렸지. 노란 별 가루가 만두 위에 하르
르 하르르 쉴 새 없이 내려앉았어. 보기에도 좋고 먹기
에는 더 좋았어. 만두를 입에 넣은 아이의 눈이 번쩍 뜨
였어. 입속에서 별들이 반짝반짝 터지는 것 같았지.

"와! 아저씨 말이 맞았어요. 치킨보다 백 배는 더 맛있
어요!"

"으흠, 쿡판다는 절대로 거짓말을 하지 않지!"

아저씨는 배를 쑥 내밀며 으스댔어.

"어어?"

여자아이가 아저씨를 뚫어지게 쳐다보았어.

"으흠, 왜 그렇게 보니?"

아저씨는 조금 전에 쿵판다라고 한 말실수를 주워 담고 싶었어.

"너무 귀여워서!"

킥킥대던 여자아이가 발뒤꿈치를 들어 아저씨의 볼을 꼬집었어.

"어험, 애야…… 어른한테 버릇없이 굴면 못써……."

"흥! 누가 모를 줄 알고? 너 판다잖아. 동글동글 복슬복슬 귀여운 판다."

아이의 말에 아저씨는 어리둥절했어. 지난번처럼 갑자기 판다로 변했나 싶어 자기 몸을 더듬어 봤지. 하지만 변한 건 없었어.

"으흠, 어딜 봐서 내가 판다로 보인다는 거냐?"

아저씨는 까만 뿔테 안경을 쓱 올리며 시침을 뚝 뗐어.

"흥! 귀여운 판다야, 어른인 척 그만하시지!"

여자아이는 모든 걸 꿰뚫는 듯 자신만만했어.

'어찌된 일이지? 정말로 내가 보이나?'

아저씨는 뜨끔하여 안절부절못했어.

"귀여운 판다도 보이고 네가 방금 속으로 한 말도 다 들었어."

'앗, 이럴 수가!'

순간 쿡판다는 머리를 한 대 '쿵' 얻어맞은 느낌이었어. 원숭이도 나무에서 떨어지는 날이 있다더니 쿡판다가 큰 실수를 한 거야. 어젯밤에 주문받은 고민을 착각해 스케이트보드 만두 대신 비밀 만두를 빚고 만 거지. 비밀 만두는 상대방의 비밀을 알 수 있는 만두거든.

"정말 내가 판다로 보여?"

"응!"

"큰일이네……."

그 짧은 순간에 쿡판다의 눈 주위는 더 거뭇해졌어.

"부탁인데……내가 판다라는 거 비밀로 해 줘. 사람들 눈에는 내가 아저씨로 보이거든. 세상 사람들이 내가 판다라는 걸 알면 가만두지 않을 거야. 잘 생각해 봐.

이렇게 잘생기고 애교 많고 귀여운 판다가 세상에서 제
일 맛있는 만두를 빚는다는 소문이 퍼지면 어떤 일이
벌어지겠니?"

"만두를 사 먹겠지."

"아니, 아니지! 우선 기자들이 몰려올 거야. 그런 다음
뉴스에 나오고……그걸 본 사람들이 구름떼처럼 몰려
와 사인을 해달라고 조를지도 몰라."

쿡판다는 벌써 유명해진 것 같은 착각에 빠졌어.

"걱정 마. 난 입이 엄청 무겁거든."

여자아이의 찬물 끼얹는 소리에 쿡판다는 떨떠름한
표정을 지었어.

"솔직히 말해 봐. 판다 너 유명해지는 게 아주 싫지만은 않지? 네 속마음 다 보여."

속을 꿰뚫는 비밀 만두의 효력을 당해낼 수가 없었어. 쿡판다는 아무 말도 할 수가 없었지.

"그리고 부탁인데……판다 너 어른인 척 좀 그만하면 안 되겠니?"

그 말에 쿡판다의 다크서클이 확 줄어들었어. 듣던 중 아주 반가운 소리였어. 낮에 아저씨로 변신해 있는 동안 제일 힘든 게 점잔을 빼야 하는 거였거든.

쿡판다는 다짜고짜 여자아이에게 손을 내밀었어.

"우리 사이좋게 지내자. 난 쿡판다라고 해. 넌?"

"김온유."

"오늘부터 우리 친구 하는 거다?"

"오케이!"

비밀 만두 덕분에 쿡판다와 온유는 서로 마음을 터놓는 친구 사이가 되었어.

그때였어. 아이들 여럿이 만두카 쪽으로 다가왔어.

"어, 하랑아?"

온유가 반갑게 아는 체를 했어. 그런데 하랑이는 쭈뼛거리며 온유의 눈길을 피했어.

"하랑이 너 오늘 약속 있어서 보드 못 탄다며?"

"으응, 약속이……."

하랑이는 더듬더듬 얼버무렸어. 온유랑 같이 보드 타는 게 싫어서 약속이 있다고 둘러댔던 거야. 온유는 비밀 만두 덕분에 하랑이의 속마음을 모두 알 수 있었어.

'너랑 같이 보드 타는 거 창피해. 툭하면 엉덩방아에 거북처럼 엉금엉금…….'

다른 아이들도 온유가 반갑지 않았어.

'보드는 탈 줄도 모르면서 옷차림은 선수급이라니까.'

'김온유가 따라붙으면 어쩌지?'

아이들의 속마음 소리에 온유는 머리를 망치로 맞은 기분이었어. 친구들이 자기와 보드 타는 걸 이렇게 싫어

할 줄은 상상도 하지 못했거든.

"얘들아, 만두 먹고 가렴."

"우린 햄버거 먹을 거예요."

쿡판다가 아이들을 불렀지만 아이들은 놀리듯 말하고 쌩 가 버렸어.

　치킨에 햄버거까지……. 쿡판다의 자존심이 너덜너
덜해졌어. 무엇보다 온유를 따돌리는 녀석들 때문에 열
이 펄펄 올랐어. 어젯밤에 온유가 주문했던 만두를 기
필코 만들어 주어야겠다고 마음먹었지. 하지만 양념통
에 남은 별 가루로는 스케이트보드 만두를 빚을 수가
없었어. 쿡판다는 하늘을 올려다보았어. 맑은 하늘에
흰 구름이 둥실 떠 있었어.

온유가 쿡판다의 마음을 꿰뚫고 물었어.

"흰 구름 둥둥? 그게 뭐야?"

"한 번도 성공한 적 없지만 도전해 보려고."

흰 구름 둥둥은 별 가루가 없을 때 쿡판다의 영혼까지 끌어모아 힘껏 외쳐야 하는 마법 주문이야. 낮에는 맑은 구름의 힘을 빌려야 해. 하지만 주문이 구름에 가 닿지 못하면 아무 효력이 없어.

"괜찮아. 우린 마음을 나누는 친구잖아."

온유의 진심이 전해졌지만 쿡판다는 결심을 바꾸지 않았어.

"네 마음이 아이들에게도 닿았으면 하는 거야."

쿡판다는 만두를 빚기 시작했어. 주물럭주물럭 동그란 만두피에 만두소를 넣고 반으로 오므려 조물조물 꾹꾹……. 만두 두 개가 뚝딱 완성되었어. 쿡판다는 한참 동안 저글링을 하여 만두를 스케이트보드 모양으로 바꾸었어. 잔뜩 긴장한 얼굴로 숨을 크게 들이쉬고 양손에

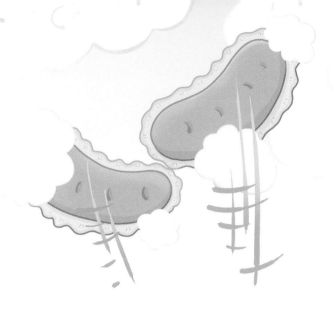

든 만두를 공중으로 띄우며 있는 힘껏 외쳤어.

"흰 구름 둥둥~~~~~~~~~~!"

스케이트보드 만두 두 개가 하늘을 향해 로켓처럼 '핑' 솟아오르더니 눈 깜짝할 새 사라졌어. 하늘에는 아무것도 보이지 않았어.

"제발……제발……."

쿡판다는 기도하듯 두 손을 모았어. 조금 뒤, 하늘에 무언가가 나타났어. 뭉게뭉게 맑은 구름이 묻은 스케이트보드 만두였어. 만두가 지그재그로 가볍게 내려왔어.

"성공이야! 흰 구름 둥둥 마법!"

쿡판다는 서둘러 파란색 접시 두 개를 준비했어. 뭉게
구름이 묻은 스케이트보드 만두가 살포시 접시에 내려
앉았어. 쿡판다는 양념통을 꺼내 조금 남은 별 가루를
스케이트보드 만두에 모두 뿌렸어. 어찌나 먹음직스럽
던지 침이 질질 나왔어.

"하나씩 나눠 먹자."

쿡판다가 온유에게 만두를 건넸어. 생크림처럼 부드
럽고 살얼음처럼 시원한 만두가 입안에서 살살 녹았어.
하나만 먹어도 배가 든든했지.

"몸이 왜 이렇게 가볍지?"

"그야 스케이트보드 만두 덕분이지. 마음먹은 대로
몸이 가볍게 움직일 거야."

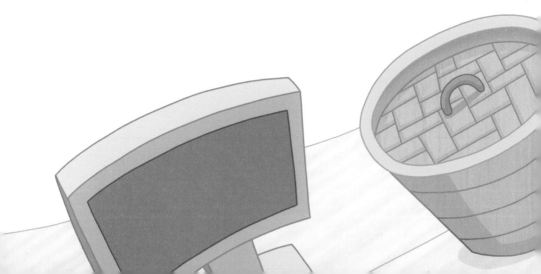

쿡판다와 온유는 공원 한가운데 있는 스케이트보드
장으로 갔어. 발걸음이 둥실둥실 가벼웠어.

"네 실력으로 여기서 보드를 타겠다고?"

"여긴 초보 코스가 아니야. 전문가 코스라고. 저리 비
키시지."

레게 머리를 한 아이가 쿡판다와 온유를 보며 껄렁하
게 말했어.

"어이, 친구! 그 스케이트보드 좀 빌릴 수 있을까?"

쿡판다가 레게 머리 아이에게 물었어.

"이건 어린이용이거든요. 뚱보 아저씨가 타면 박살난
다고요!"

레게 머리 아이가 비아냥거렸어. 그런데 어느 순간 레
게 머리 아이의 알록달록 보드가 쿡판다의 옆구리에 끼
워져 있었어. 다들 놀라 말문이 막혔지.

"노는 게 제일 좋아!"

쿡판다가 알록달록 스케이트보드를 바닥에 내려놓고

말했어.

"준비됐지? 지금부터 신나게 노는 거야!"

"좋아!"

온유가 화답했어.

둘은 동시에 스케이트보드에 몸을 실었어. 속도는 엄청 빠른데 온유와 쿡판다의 몸은 두둥실 구름처럼 가볍기만 했어.

넓은 U자 모양 하프파이프의 양쪽 끝으로 각자 흩어졌어. 서로 마주보며 똑같이 공중제비를 돌았어. 구름처럼 두둥실 하늘을 나는 것만 같았어. 서로의 마음을 들을 수 있기 때문에 동작이 아주 잘 맞았어. 바닥으로 향할 때도 어려움이 없이 가볍게 내려왔어.

쿡판다와 온유는 삼각뿔처럼 솟은 쿼터파이프로 솟아올랐어. 곡예를 하듯이 공중에서 서로 엇갈려 내려왔어. 스케이트보드가 몸의 일부처럼 보였어. 아이들은 믿어지지 않는다는 듯 벌린 입을 다물지 못했어.

"김온유 실력이 언제 저렇게 늘었지?"

"휙휙 날아다니네."

"배불뚝이 아저씨 좀 봐. 엄청 가벼워 보여!"

그때 온유가 기다란 철봉 레일에 스케이트보드를 걸치고 주르륵 미끄럼을 탔어. 조금의 망설임도 없었어. 여러 기구를 차례로 정복해 나갔어. 스케이트보드 만두 덕분에 못 탈 게 없었지.

그렇게 얼마나 놀았을까? 쿡판다는 급격히 기운이 떨어졌어. 노는 거라면 밤이고 낮이고 끄떡없는 쿡판다인데 흰 구름 둥둥 마법 주문을 외치느라 기운이 바닥난 거야. 온유가 눈치를 채고 속말을 건넸어.

'이제 그만 타도 될 것 같은데?'

그 말이 어찌나 반갑던지 쿡판다는 고마운 마음까지 들었어. 사실 당장 멈추고 싶었지만 자존심 때문에 하나도 안 힘든 척하고 있었거든.

'나도 힘들어. 우리 그만 타자.'

'그래, 우린 친구니까 뭐든 함께!'

둘은 그제야 멈추고 서로를 바라보았어. 온몸에 땀이 흥건했지.

"우와! 대단해!"

모두가 한마음으로 손뼉을 쳤어.

쿡판다는 레게 머리 아이에게 스케이트보드를 돌려주며 말했어.

"고마워! 이렇게 신나게 놀 수 있었던 건 네 보드 덕
분이야."

레게 머리 아이는 스케이트보드를 받아들며 말했어.

"이건 어린이용이지만 필요하다면 또 빌려드릴게요."

온유를 무시했던 친구들도 머뭇거리며 다가왔어.

"온유야, 그동안 왜 보드 실력을 숨겼던 거야?"

"난 숨긴 적 없어. 이건 모두 특별 만두 덕분이야."

아이들이 어리둥절한 표정으로 온유를 바라보았어.

그때, 아저씨가 아이들을 향해 외쳤어.

"누가 누가 세상에서 가장 맛있는 만두를 만들 수 있을까? 그건 바로 나!"

아이들이 아저씨를 향해 달려들었어.

"아저씨, 만두 주세요!"

"저도요!"

"우리도 그 만두 좀 먹을 수 있을까요?"

치킨을 먹고 있던 가족도 와서 부탁을 했어.

"으흠, 모두가 원한다면……."

아저씨의 목에 힘이 잔뜩 들어갔어.

"으흠, 특별 만두는 없지만 맛난 만두는 얼마든지!"

"내가 제일 먼저 먹을래!"

레게 머리 아이가 만두카를 향해 내달리자 덩달아 다들 뛰기 시작했어.

"얘들아, 잠깐만!"

아저씨도 만두카를 향해 달렸어. 배가 불룩 나온 아저씨가 사람들을 앞질러 제일 먼저 만두카에 도착했어. 하늘을 나는 만두카 앞에 긴 줄이 생겼어. 온유는 바쁜 아저씨를 도와주었어.

"오! 이렇게 맛있는 만두는 처음 먹어 봐!"

모여든 사람들은 한 명도 빠짐없이 쿡판다표 만두를 맛보았어. 입에서 살살 녹고 하나만 먹어도 배가 부른 게 신기할 따름이었지.

모두 만족스러운 얼굴로 집으로 돌아갔어. 온유도 돌아갈 채비를 마쳤어.

"고마워. 너처럼 귀엽고 특별한 판다는 세상에 없을 거야. 오늘 선물해 준 만두 절대 잊지 않을게!"

온유는 쿡판다에게 폭 안겨 인사했어.

"히히, 나도 고마워. 오늘 하루 네 덕분에 어른인 척 안 하고 마음껏 놀았잖아."

온유가 집으로 돌아간 뒤, 쿡판다는 즐겁게 노래를 흥얼거리며 만두카를 정리했어.

"쿡판다표 만두는 모두가 좋아하지~

치킨 말고 햄버거 말고 만두가 최고~

만두 만두 달빛 만두~ 만두 만두 별빛 만두~"

밤 12시가 되자 배불뚝이 아저씨에서 까만 귀, 까만 눈, 복슬복슬 털뭉치 쿡판다로 변신했어.

"출발!"

만두카가 하늘을 향해 날아오르더니 밤하늘 속 수많은 별들 속으로 조금씩 조금씩 사라져 갔어.

"이 세상에서 가장 맛있는 만두를 만드는 건 누구?

이 세상에서 가장 잘 노는 건 누구?

쿠쿠쿡 쿡판다~ 예예~에~"

쿡판다가 만두의 달인이라는 건 알고 있지요? 그렇다면 쿡판다가 놀기 대장이라는 것도 알고 있나요?

마침 이번엔 놀이공원에서 아이들의 고민이 많이 접수됐지 뭐예요. 쿡판다는 밤새 설레며 특별 만두 재료를 준비했어요. 달빛이 유난히 좋아 찰지고 쫄깃한 반죽을 많이 마련했지요.

놀이공원에 자리잡은 만두카에서 오늘은 웬일로 코고는 소리가 들리지 않네요. 까만 뿔테 안경을 쓴 배불뚝이 아저씨도 놀이공원만큼은 참을 수가 없었거든요. 빨리 일어나 빨리 만두를 팔고 신나게 놀 계획이었죠.

그런데 문제가 생겼어요. 놀이공원에 소풍 온 겁 많은 선생님 때문에 얼떨결에 아저씨가 선생님 대신 귀신의 집에 들어가게 된 거예요. 다리를 달달 떨던 아저씨는 쿡판다인 게 들통날 위기에 처하지요. 어디 그뿐인가요? 주문에도 없던 회오리 만두를 만들고, 어린이용 특별 만두를 어른에게 먹이고……. 놀이공원에 간 쿡판다의 우당탕 소동이 여러분을 찾아갑니다!

글 함윤미

좋아하는 것은 북한강변 산책하기이고
더 좋아하는 것은 산책하며 환상적인 일 꾸미기예요.
어린이와 청소년을 위한 글쓰기를 통해
환상적인 일을 실현하고 있지요.
지은 책으로는 《회장 떨어지기 대작전》 《어린이를 위한 삼국유사》
《알고 보면 더 재미있는 곤충 이야기》 《우당탕이 사라졌어요》
《모아깨비의 100번째 생일》 《노빈손의 계절탐험 시리즈》 《13월의 토끼》
《쿡판다의 수상한 만두카1》 《쿡판다의 수상한 만두카2》 등이 있어요.

그림 세미

오랜 시간 아이들 미술을 가르치다가
어린이들과 좀 더 소통하고 아이들의 이야기에 공감하는
작가가 되고 싶어 동화 일러스트 작가가 되었어요.
그동안 그린 책으로 《복뚱냥이 무인 아이스크림가게》
《노경실 선생님이 들려주는 자연 재난 안전》
《쿡판다의 수상한 만두카1》 《쿡판다의 수상한 만두카2》 등이 있으며
지금은 쓰고 그린 그림책 《고양이 전사 겁만이》 《용왕산 고양이》
출간을 준비하며 열심히 작업하고 있어요.